文、圖／馬可‧馬汀 Marc Martin　譯／黃筱茵

主編／胡琇雅　美術編輯、中文手寫字／楊珮琪　動物名詞確認／黎湛平

董事長／趙政岷　編輯總監／梁芳春

出版者／時報文化出版企業股份有限公司

　　　　108019台北市和平西路三段240號七樓

發行專線／（02）2306-6842

讀者服務專線／0800-231-705、（02）2304-7103

讀者服務傳真／（02）2304-6858

郵撥／1934-4724時報文化出版公司

信箱／10899臺北華江橋郵局第99信箱

統一編號／01405937

copyright © 2018 by China Times Publishing Company

時報悅讀網／www.readingtimes.com.tw

電子郵件信箱／ctliving@readingtimes.com.tw

法律顧問／理律法律事務所　陳長文律師、李念祖律師

Printed in Taiwan

初版一刷／2018 年 1 月

初版四刷／2021 年 9 月

LOTS

好多好多

文·圖/馬可·馬汀
譯/黃筱茵

你在這裡喔！

……還是在這裡呢？

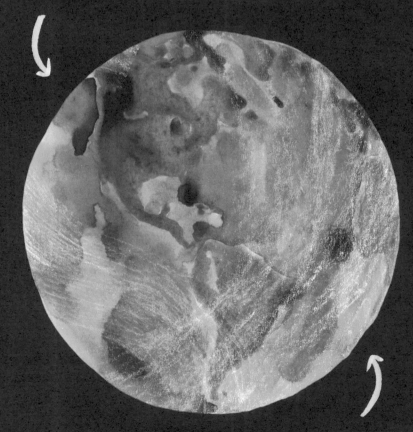

也許有一天，你會到這裡去。

作者的話

開羅住著多少貓？一個巴黎人每天吃了多少起司？
冰島芥末醬又是什麼呢？關於我們居住的世界，
這些只不過是你會問的某些問題。

關於我們的星球，接下來的內容集合了一些事實、
想法與觀察。有些可能會引起你的興趣，有些可能
會令你十分驚訝，還有一些可能會留給你更多的
疑問，而不是答案。

從城市、森林、沙漠到海洋，有好多好多等著我們
去發現。你只需要一位好導遊，和一點好奇心……

所以，你還在等什麼呢？我們開始探索吧！

南極洲
地球上最寒冷，
風勢最強勁的大陸。記得帶件好夾克！

小鬚鯨

鯨魚
活躍在蘊含豐富
營養的南部海域

南露脊鯨

與鯨魚相比
人類的大小

長鬚鯨

抹香鯨

藍鯨
重達190000公斤

虎鯨
（殺手鯨）

座頭鯨

企鵝
共有2000萬對
企鵝父母

阿德利企鵝

ATM
整個南極大陸
只有一台ATM
（麥克默多研究站）

金圖企鵝
（巴布亞企鵝）

皇帝企鵝

南極企鵝

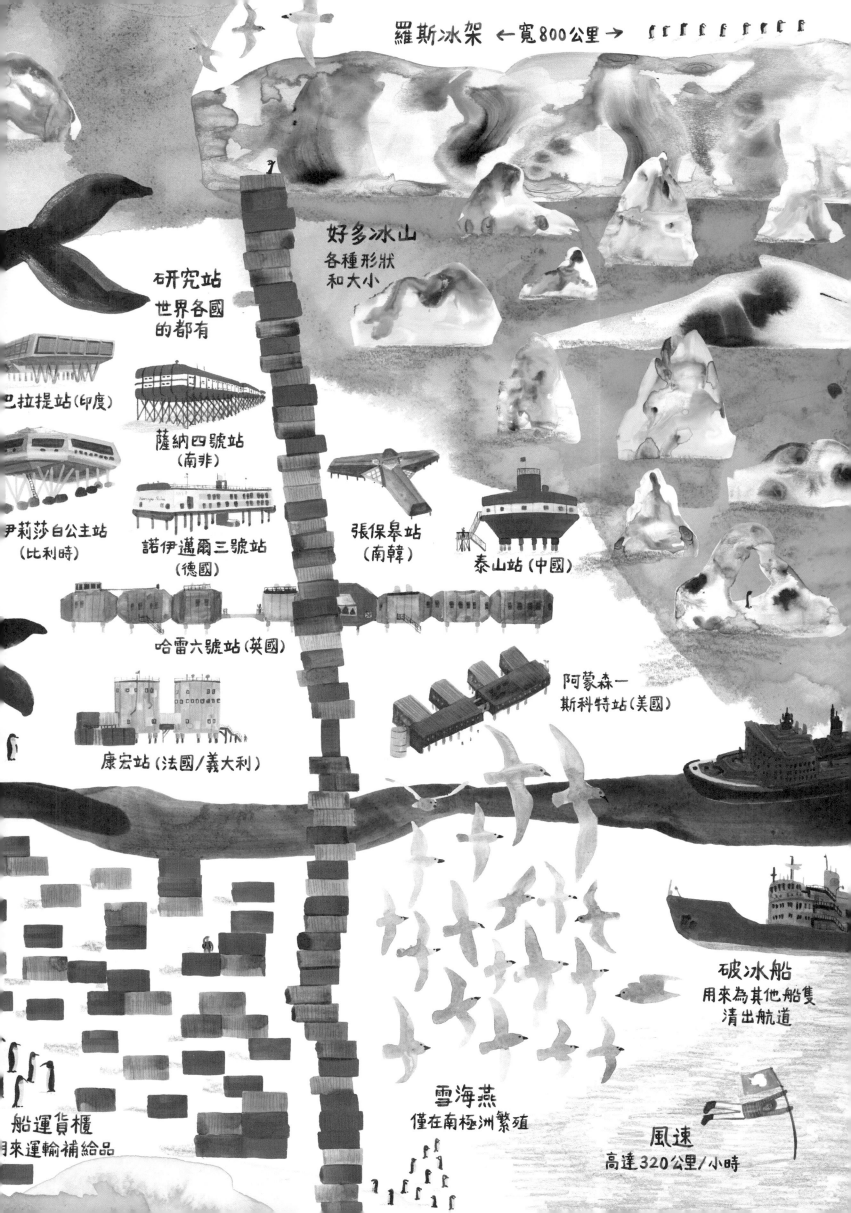

羅斯冰架 ←寬800公里→

好多冰山
各種形狀
和大小

研究站
世界各國
的都有

巴拉提站(印度)

薩納四號站
(南非)

尹莉莎白公主站
(比利時)

諾伊邁爾三號站
(德國)

張保皋站
(南韓)

泰山站(中國)

哈雷六號站(英國)

阿蒙森一
斯科特站(美國)

康宏站(法國/義大利)

破冰船
用來為其他船隻
清出航道

船運貨櫃
用來運輸補給品

雪海燕
僅在南極洲繁殖

風速
高達320公里/小時

愛麗斯泉(澳洲)
和周圍
一望無際的藍天和
廣大的紅土沙漠

STOCK ON ROAD

紅大袋鼠
一步可以跳 8～9公尺遠
2～3公尺高

烏魯魯(艾爾斯岩)
3.6公里長 1.9公里寬

卡魯卡魯
(也就是魔鬼大理石)

濱刺草
一種刺刺的草

紅尾
黑鳳頭鸚鵡
瀕臨絕種

露營車
適合路途遙遠的
公路旅行

雞蛋　鴯鶓蛋　只是
另一顆石頭

塵土
好多好多!

灰髮游牧民族
(退休人士)

禿頭的
游牧民族

鴯鶓
短跑速度可達
時速50公里

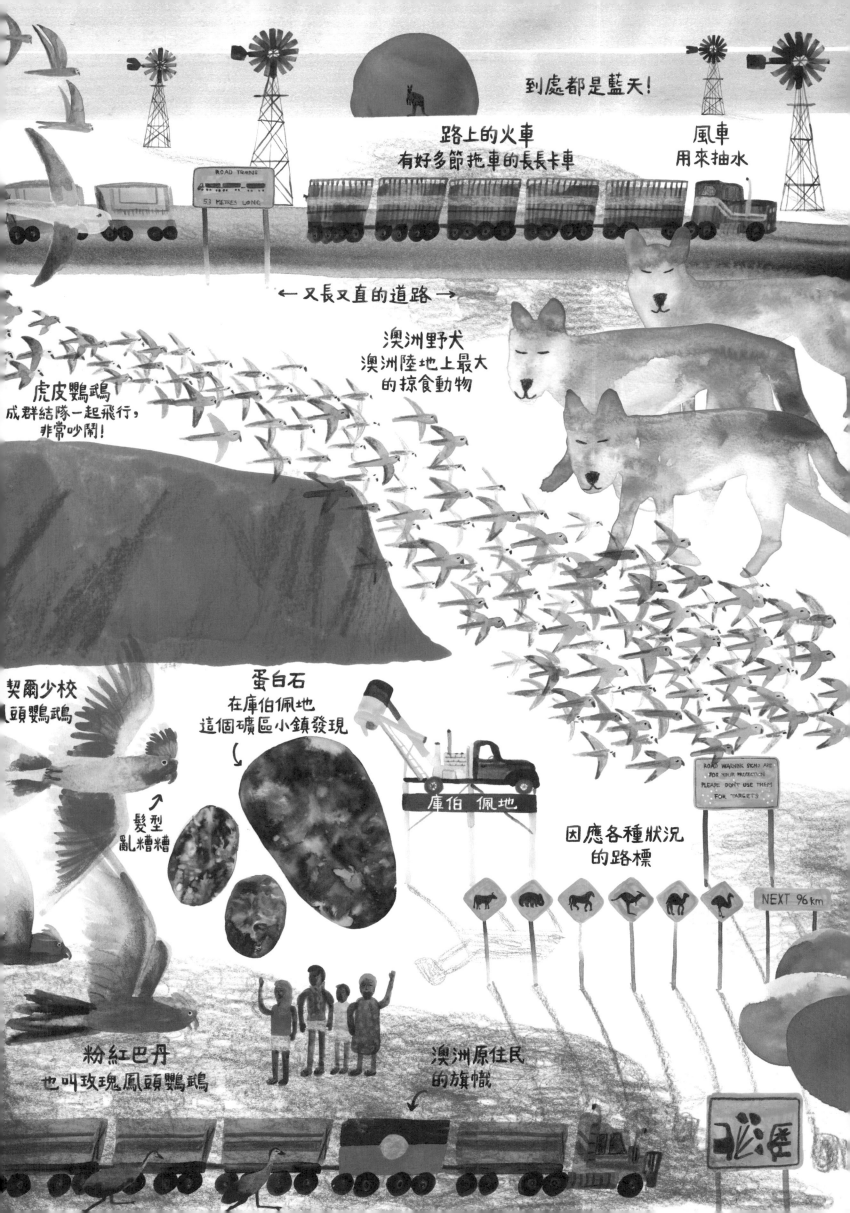

到處都是藍天！

路上的火車
有好多節拖車的長長卡車

風車
用來抽水

ROAD TRAINS
53 METRES LONG

← 又長又直的道路 →

澳洲野犬
澳洲陸地上最大
的掠食動物

虎皮鸚鵡
成群結隊一起飛行，
非常吵鬧！

契爾少校
（頭鸚鵡）

蛋白石
在庫伯佩地
這個礦區小鎮發現

髮型
亂糟糟

庫伯 佩地

因應各種狀況
的路標

ROAD WARNING SIGNS ARE
FOR YOUR PROTECTION
PLEASE DON'T USE THEM
FOR TARGETS

NEXT 96 km

粉紅巴丹
也叫玫瑰鳳頭鸚鵡

澳洲原住民
的旗幟

香港

忙碌的街道、擁擠的
天際線，全世界人口
最稠密的大都會之一

市場和購物

球鞋街

電腦市場

玉市

道具市場

金魚市場

花市

芳香的港口
「香港」的意思
就是芳香的港口

渡輪
每天有13萬
5千名乘客
前往超過
260座離島

名片市場

燈光交響曲
全世界最大的永久聲光秀

紅白藍包
也就是「阿嬤包」
或叫媽媽／妹妹包

到處都是招牌

冷氣機 非常潮濕！

都爹利街 香港僅存的 煤氣街燈

樓梯街

為山坡地 設計了樓梯 和自動扶梯

雙層電車 擁有全世界 最多的雙層電車

昂貴的轎車 每個人比世界上任何 一座城市的人可以 分到更多勞斯萊斯

珍珠奶茶 加了粉圓的 泡沫奶茶

從最上面搭到 底下需要 20分鐘

中環至半山 自動扶梯 (全世界最長的 室外自動扶梯)

點心 一口就可以吃掉的食物

· 牛肚
· 雞肉包
· 肉包
· 蛋塔
· 雞爪
· 奶黃包
· 海綿蛋糕
· 蠔皇鮮竹卷

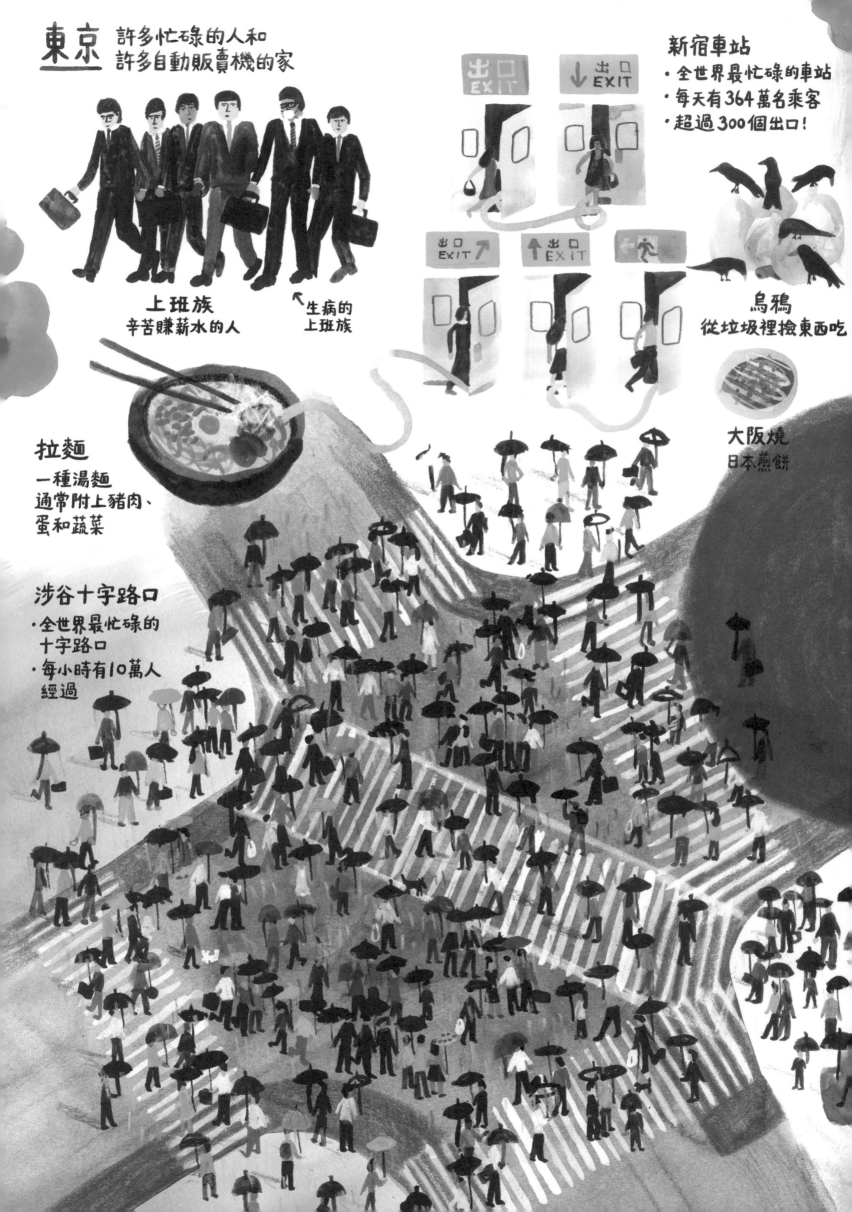

東京 許多忙碌的人和許多自動販賣機的家

上班族
辛苦賺薪水的人

← 生病的上班族

新宿車站
- 全世界最忙碌的車站
- 每天有364萬名乘客
- 超過300個出口！

烏鴉
從垃圾裡撿東西吃

拉麵
一種湯麵
通常附上豬肉、
蛋和蔬菜

大阪燒
日本煎餅

涉谷十字路口
- 全世界最忙碌的十字路口
- 每小時有10萬人經過

自動販賣機　全日本有560萬台自動販賣機！

花　雨傘　書　啤酒　拉麵　魚餌　精釀啤酒

出口 EXIT

走錯出口了！　無酒精飲料　啤酒

香蕉　啤酒　內褲　領帶　牛奶　咖啡　更多啤酒　沙拉　蛋

溫泉
日本浴池

新幹線
快速火車

時速達320公里

哥吉拉
日本法定公民
有口臭

壽司火車

卡哇伊
可愛的東西

便利商店
幾乎每個街角都有

出口 EXIT

龍蝦販賣機

可愛的吐司

可愛的馬鈴薯

可愛的貓

可愛的雲

可愛的飯

櫻花盛開
在三、四月時
享受賞花的樂趣

蟬
東京夏日的聲音

烏蘭巴托
蒙古的首都——
全世界人口最不稠密的國家

成吉思汗（西元1162~1227）
蒙古帝國的君王
出現在所有地方
和所有的東西上
↓
成吉思汗騎馬雕像

成吉思汗
酒店

成吉思汗機場

成吉思汗
伏特加

40公尺高

成吉思汗幣

成吉思汗香菸

蒙古食物

蘇台茄
（鹹奶茶）

羊肉麵條湯

馬奶酒
發酵過的
馬奶

奶皮子
乾燥的
凝乳

蒙古包子
蒸羊肉餃子

蒙古煎餅
炸餃子

蒙古包
許多蒙古人住在裡面的
可攜式圓形帳篷

那達慕大會
包括摔角、射箭、賽馬等
項目在內的傳統節慶

俄式吉普車
制式座位是9個
但是實際上經常是
擠愈多人愈好

雙峰駱駝
有兩個駝峰！

敖包
由石頭與木頭搭造的神聖石塚
準備旅行時，可以依順時針方向
繞著它走三次，祈求旅途平安

氂牛
可以提供蓬鬆厚實的
毛皮和可口的牛奶

蒙古馬
蒙古原生種，
矮壯結實

戈壁沙漠
亞洲最大的沙漠
大約有129萬五千平方公里大

公車
燃料為壓縮天然氣的公車，全球最多

好多鬍子
各種形狀長度都有

許多顏色的手環

茶水小販
會製作好茶

印度身體彩繪
在典禮和特別場合時
裝飾用

婚禮
婚禮季節時最常見了
（九月下旬到隔年一月）

茶杯
陶做的
喝完之後打破

各種神
這裡只羅列
一小部分

妙音天女

吉祥天女

梵天

象神

毗濕奴

雪山神女

濕婆

送給丈母娘的
辣椒（超辣！）

孜然
（小茴香）

茴香

辣椒

肉豆蔻

莫斯科

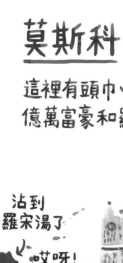

這裡有頭巾、
億萬富豪和羅宋湯

沾到
羅宋湯了
哎呀！

很冷
冬天是攝氏零下10度

史達林的摩天大樓
一般人也稱它們
為七姊妹

國立莫斯科大學

藝術家公寓

外交部大樓

億萬富豪
莫斯科大約有80位億萬富豪

看起來像糖果的
教堂和教會

聖瓦西里大教堂

大天使
聖米迦勒教堂

紀念碑

格奧爾基·朱可夫
有名的
軍官

狗狗萊卡
（史上最早進入
太空的動物）

宇宙
征服者
紀念碑

列寧
~~披頭四成員~~
共產黨的革命家、
政治家、理論家

聖三一大教堂

代禱教堂

彼得大帝
這個稱號
有可能是
他自己取的

亞歷山大·
普希金
詩人、
劇作家、
小說家

工人與集體
農莊女莊員

莫奇克紀念
一隻住在
地鐵站的
有名流浪狗

莫斯科列寧格勒
希爾頓酒店

烏克蘭飯店
（拉迪森皇家酒店）

文化人公寓

重工業部大樓

俄羅斯娃娃
一種傳統俄羅斯玩具
（圖片非原比例大小！）

警察
大約50000人

流浪狗
大約有35000隻流浪狗，據說有些狗
還會為了找食物而搭上地鐵

勝利公園地鐵站
全歐洲最長的自動扶梯

總長126公尺
共有740階

基輔站

馬雅科夫斯基站

發電廠站

← 尤里·加加林
太空人，史上第一位
進入太空的人類

地鐵站
華麗又便利！

塔甘卡站

共青團站

每天載運900萬名乘客

開羅

中東與非洲最大的城市
交到貓科動物朋友的好地方

計程車
很多黑白計程車，
還有叭叭作響的喇叭

交通
超過450萬輛車

貓咪
每個街角、空座位和
人行道上都找得到

門房
看守大樓、幫居民們跑腿，
還可以幫你找停車位！

138.8公尺高

**宏偉的
吉薩金字塔群**

皇后的
金字塔

門卡拉金字塔

卡夫拉金字塔

古夫金字塔
使用了大約230萬塊
巨石建造

哈利利市集 ↗
販售古董、珠寶和一般
貨物的主要購物區

金、銀、銅製商品
↙ ↘

檯燈

盤子

水罐

碗

埃及食物

鹵咸魚
經過發酵、用鹽醃漬
過的乾燥烏魚

埃及豆
用油、小茴香和巴西里
香芹煮過的蠶豆

堅果沾醬 ←
混合了香草、堅果
和香辛料

埃及式通心粉 ↗
混合了米、
義大利麵和扁豆 ↗

埃及綠湯
把黃麻葉子剁得
很細後煮成湯

埃及乳酪
通常由水牛牛奶
製成的軟軟、
鹹鹹的起司

會動的
水煙 ←

水煙壺和抽水煙的人
這種煙壺可以填充你最喜歡的煙草，
在當地非常流行

尖塔
開羅的別名： ↗
「千塔之城」 ↘

巴黎 一座大都會城市，孕育豐富的藝術、食物和文化

藝術 ←

羅浮宮美術館
- 館藏70000件藝術品
- 雇用2000名員工
- 每年有880萬個訪客

蒙娜麗莎
（很難看到）

乳酪
在室溫下享用最美味

布利乳酪

歇布爾乳酪

博福特乳酪   拉吉奧爾乳酪

狗
大約有20000隻

卡門貝爾乳酪   馬魯瓦耶乳酪

洛克福乳酪

瓦朗塞乳酪   康堤乳酪

每天都有10噸狗大便

走路小心！

有屋頂的公寓景觀絕佳！

露天酒吧和露天咖啡館
大約有9000間

PHARMACIE

到處都是
藥妝店標誌

藥妝店
解決所有健康
與美容需求

酒
常見種類包括:
·波爾多 ·香檳
·黑皮諾 ·夏多內
·白詩南 ·梅洛
·歌海娜
·馬爾貝克

凱旋門
由中心輻射狀向外開展12條大道

BOULANGERIE

BOULANGERIE

Boulangerie Patisserie

BOULANGERIE · PATISSERIE

BOULANGERIE

麵包店　大約有1800家

環法自行車大賽
· 高達198名自行車騎士
· 大約 3500公里
· 持續21天之久
· 永遠在巴黎結束

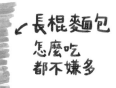

可頌　　　巧克力可頌麵包　　　蘋果派　　　葡萄麵包

↖ 長棍麵包
怎麼吃
都不嫌多

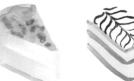

閃電泡芙

法式蛋塔　　法式千層派　　修女泡芙

杏仁可頌麵包

蛋糕和糕點

馬卡龍

不是蛋糕喔 ↙

草莓塔

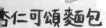

歐普拉蛋糕

雷克雅維克

冰島的首都
許多自然奇觀和奇怪醬料
的家鄉

名字 冰島最常見的名字
就是喬恩和安娜

喬恩 安娜 喬恩 安娜 喬恩 安娜 喬恩 安娜
喬恩 安娜 喬恩 安娜 喬恩 喬恩 安娜 安
喬恩 喬恩 安娜 喬恩 安娜 喬恩 喬恩 喬恩
安娜 喬恩 安娜 喬恩 喬恩 安娜
喬恩 喬恩 安娜 安娜 喬恩 安娜 喬恩
安娜 安娜 喬恩 碧玉 喬恩 喬恩
喬恩 安娜 喬恩 安娜 喬恩
安娜 喬恩 安娜 喬恩 安娜 喬恩
安娜 喬恩 安娜 安娜 喬恩 安娜

喬恩

之前被取名為
喬恩的石塚

地熱池
非常溫暖唷!

火山
冰島共有130座

北極
狐

冰島唯一的原生種哺乳動物

北極海鸚
全世界有60%的海鸚巢都在冰島

海鸚
寶寶

冰島馬
非常上相

安娜

石塚
用來做記號的
石頭堆

罐子
冰島人飲用可樂的
頻率高居全球第一

房屋
色彩繽紛
的屋頂

甜芥末醬
(熱狗專用)

什麼食物都有自己的醬！
· 漢堡醬　　· 雞尾酒醬
· 美乃滋醬　· 點心沾醬
· 蔬菜醬

斯格(SKYR)
一種像優格/也像起司的
早餐食材，可以當點心，
也可以當沾醬用

北極燕鷗
每年旅行71000公里；
是所有動物中移動距離最遠的

漁船

甘草
很流行的小點心

極光↑
太陽的高能粒子撞擊到地球的大氣層
產生的壯觀燈光秀

紐約市

人口與文化的熔爐
是個不夜城
（可能是咖啡造成的!）

摺起
來吃

披薩
別讓鯷魚掉出來喔!

點心
3000台餐車

計程車
13000台計程車

自行車快遞員
騎得超快

蒸汽管
供給建築物
電力、暖氣或冷氣

消防栓
10萬9800具消防栓

咖啡
要念成「ㄎㄧ」ㄈㄟ

永無止盡
的續杯

餐車
太多選擇了!
・鬆餅
・墨西哥餅
・漢堡
・龍蝦
・BBQ烤肉
・維也納炸牛排
・牛排三明治
・派
・披薩
・甜甜圈
・可麗餅
・麵
・泡菜
・南美煎餅
・反正什麼都有!

蝴蝶脆餅
煮熟再烘烤

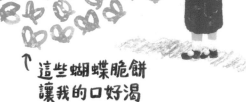

這些蝴蝶脆餅
讓我的口好渴

老鼠
200萬隻老鼠

時代廣場
很多燈光
和招牌

← 貝果塔

人
夫自世界各地的850萬人，
講的語言超過800種

克萊斯勒大廈
一共有3862扇窗戶

雖然英文名裡
有man（manhole），
但可不只有男人能用！

人孔蓋
有26萬4千個

摩天大樓
約有250棟摩天大樓

貝果
配奶油起司醬最好吃

加拉巴哥群島

一共有19座島嶼，
住了許多美麗又獨特的動物

藍腳鰹鳥（下半身）

熔岩仙人掌
生長在熔岩荒原上

熔岩蜥蜴
島上最常見的爬蟲類生物

尖嘴地雀

（並非加拉巴哥原生種，
不過也是族群的一員）

仙人掌地雀

科科斯島地雀

大仙人掌
地雀

達爾文雀
由同一個祖先演化而來

鶯雀

大地雀

紅樹林
樹雀

麗色軍艦鳥
想要吸引異性時
會鼓起胸膛

擬啄木樹雀

加拉巴哥象龜
可以活超過
150歲唷！

中地雀

小樹雀

小地雀

中樹雀

植食樹雀

大樹雀

加拉巴哥木菊
加拉巴哥特有種

波紋信天翁
彼此的終生伴侶

Isabela crece por ti

藍腳鰹鳥
（上半身）

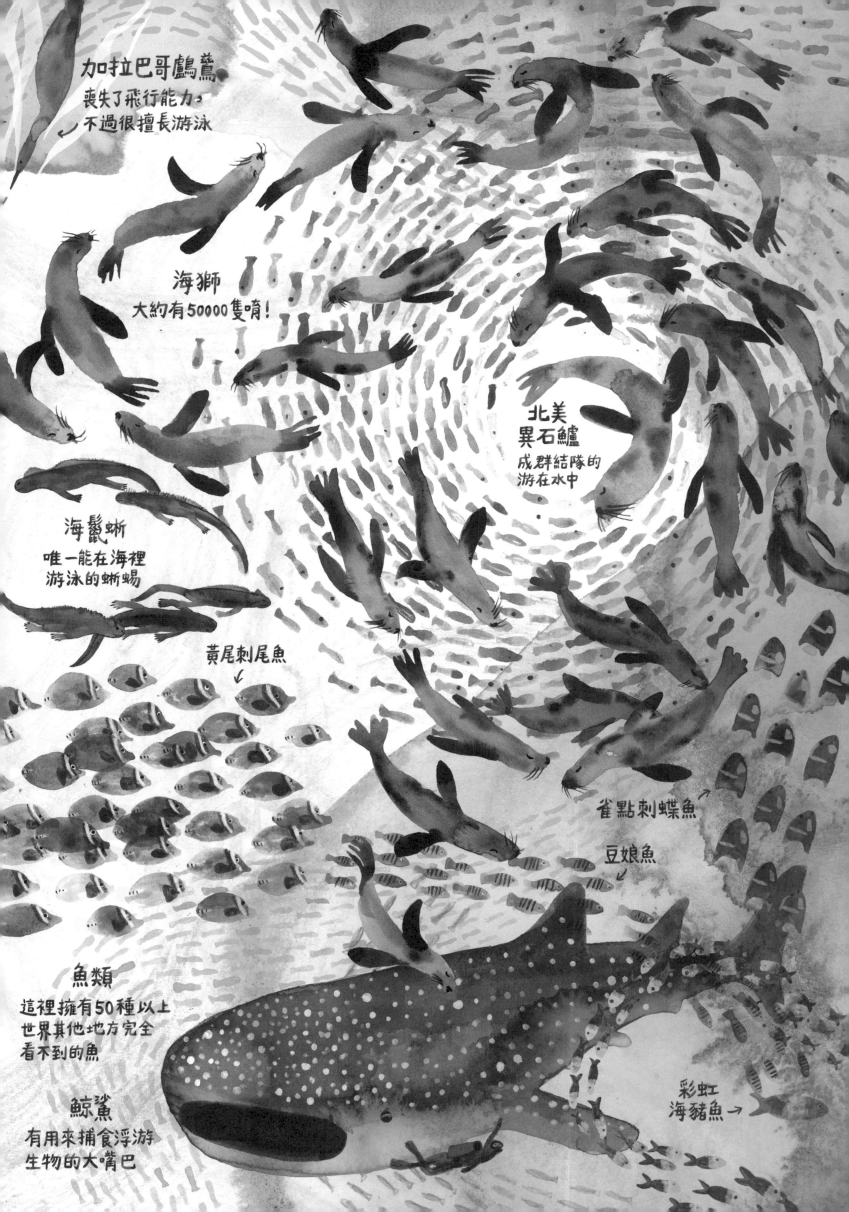

加拉巴哥鸕鷀
喪失了飛行能力，
不過很擅長游泳

海獅
大約有50000隻唷！

北美
異石鱸
成群結隊的
游在水中

海鬣蜥
唯一能在海裡
游泳的蜥蜴

黃尾刺尾魚

雀點刺蝶魚

豆娘魚

魚類
這裡擁有50種以上
世界其他地方完全
看不到的魚

鯨鯊
有用來捕食浮游
生物的大嘴巴

彩虹
海豬魚

亞馬遜雨林

橫跨9個國家，全球範圍最大、
生態最多樣的熱帶雨林區

鳥類

栗額
金剛
鸚鵡

亞馬遜翠鳥

藍黃金剛
鸚鵡

褐色擬椋鳥

藍嘴
黑頂鷺

王鷲

眼鏡鴞

紫藍
金剛鸚鵡

五彩
金剛
鸚鵡

鱗冠侏霸鶲

藍頂亞馬遜
鸚鵡

黃頭卡拉鷹

赤叉尾
蜂鳥

線尾
侏儒鳥

灰翅
喇叭鳥

罩臉
美洲咬鵑

斑喉
傘鳥

燕尾
刀翅蜂鳥

青蛙

玻璃蛙　藍色箭毒蛙

箭毒蛙

亞馬遜角蛙

樹懶
動作…超慢……

綠森蚺
可達5公尺長

水豚
一種大型半水生
囓齒動物

黑凱門鱷

亞馬遜江豚
也叫粉紅淡水豚

紅腹食人魚
牙齒非常尖銳！

綠雙
冠蜥
(也就是耶穌蜥蜴)

能在水上行走唷！

電鰻
用600伏特的電力恫嚇牠的獵物

樹
樹種高達
16000種

巨嘴鳥
能用喙調節體溫

蜜熊
可以把腳翻轉，
向相反的方向跑

猴子

蜘蛛猴

皇狨猴

卷尾猴

松鼠猴

狨猴

串珠埃塔棕/
哥倫比亞埃塔棕
(Euterpe precatoria)

橡膠樹
（巴西護謨樹）
樹的汁液可以
用來做橡膠

伊里亞椰
(Iriartea deltoidea)

木魯星果棕
(Astrocaryum
murumuru)

油直葉櫚/大果直葉櫚
(Attalea butyracea)

美洲豹
全世界第三大的
貓科動物

行走的棕櫚樹/高蹺櫚
(Socratea exorrhiza)

大食蟻獸
舌頭有60公分長

木棉樹/爪哇木棉
可以生長到70公尺高

象魚
亞馬遜河流域最大的魚類

← 可以長到3公尺長 →

巴西大水獺

亞馬遜河
全世界第二長的河流

里約熱內盧

這座城市被群山與海灘圍繞，
有全年無休的嘉年華氣息！

← 基督救贖者雕像
30公尺高，比這個
插圖大好多好多

長鼻浣熊
一大群一起生活
群體可達30隻

蒂茹卡森林
全世界最大的
城市森林
↓

糖麵包山
396公尺高

街邊酒吧(BOTECO)
享受一杯提神飲料
的好地方

Bar Bracarense

Boteco

BOTECO

里約嘉年華
一年一度的慶典，有許多舞者、
狂歡花車、超過200間森巴學校參與

BARIO

BOTECO

別忘了塗
防曬油！
↓

Bar

蜿蜒50公里的美麗海灘
海灘

卡波耶拉
巴西的武術藝術
結合了舞蹈、音樂與體操

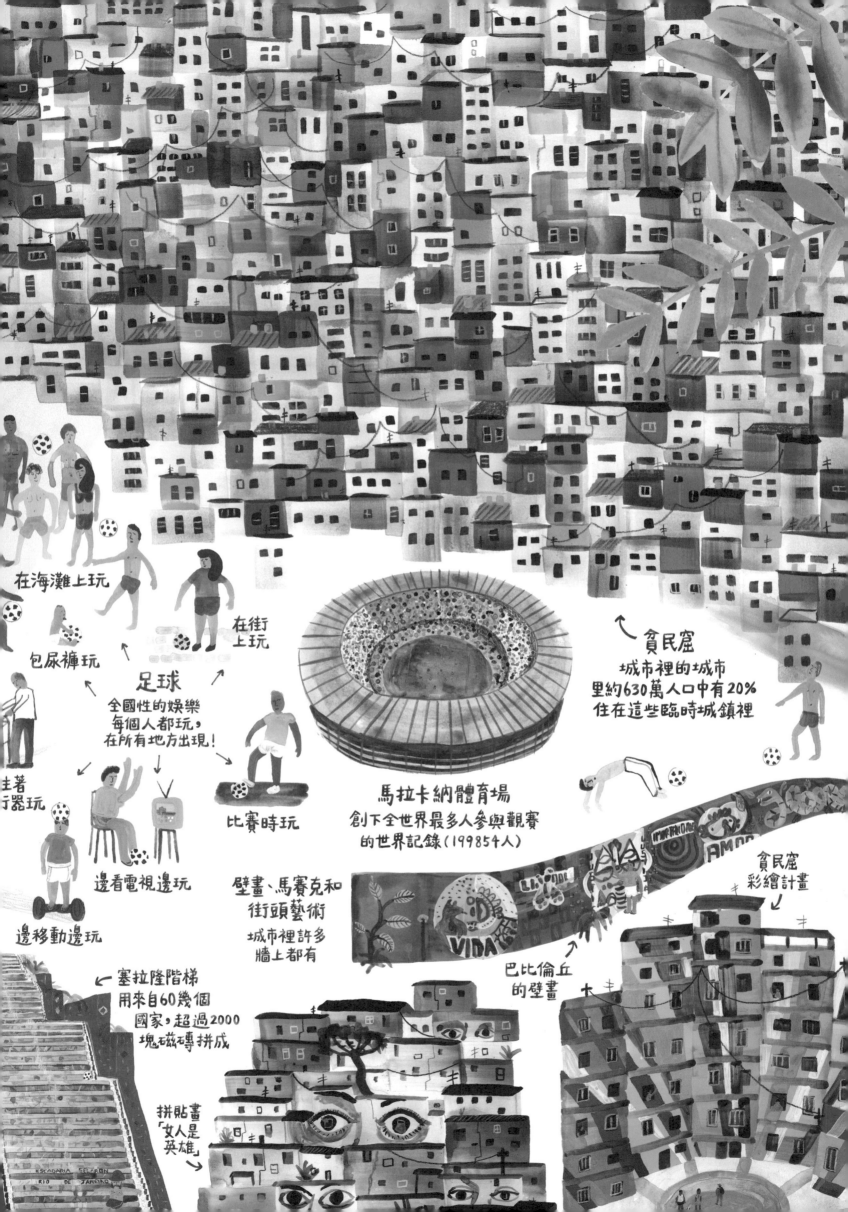

在海灘上玩

包尿褲玩

在街上玩

足球
全國性的娛樂
每個人都玩，
在所有地方出現！

比賽時玩

邊看電視邊玩

邊移動邊玩

貧民窟
城市裡的城市
里約630萬人口中有20%
住在這些臨時城鎮裡

馬拉卡納體育場
創下全世界最多人參與觀賽
的世界記錄（199854人）

壁畫、馬賽克和
街頭藝術
城市裡許多
牆上都有

貧民窟
彩繪計畫

巴比倫丘
的壁畫

塞拉隆階梯
用來自60幾個
國家，超過2000
塊磁磚拼成

拼貼畫
「女人是
英雄」

開普敦

南非三大城市之一，
充滿自然美景與豐富的文化歷史

桌山↘
已經形成
5億多年了

開普敦港
全世界最繁忙的
運輸走廊之一

不拉風一下
怎麼行啊！

建築
受到荷蘭、法國、德國、維多利亞，
還有馬來西亞等風格影響的建築

拉風的男士
這些穿著講究的紳士
在比賽誰最時髦！

馬丁·麥爾克之家
南非最古老的
殖民房舍之一

國會大廈
1884年建造

波卡區
由來自東非、東南亞的穆斯林
移民所建造的彩色房屋

綠點燈塔
南非最古老的燈塔

好望堡
南非最古老的建築
（於1666~1679年建造）

市政廳
於1905年建造

鯨魚
從7月到11月
可以看到遷徙的鯨魚
↘

海灘小屋
色彩繽紛的更衣小屋
位於梅森堡海灘

蝴蝶
大眼蝶
桌山的美人兒

蘭花
狄薩蘭
桌山的驕傲

大大小小的動物們

五種大大的
和
五種小小的

記得要
鎖上窗戶！

非洲叢林象

象鼩

犀牛

犀金龜

南非狒狒
非常聰明，
永遠在尋找免費的食物！

水牛

紅嘴牛文鳥

獅子

蟻獅的幼蟲(蟻蛉)

豹

豹紋陸龜

衝浪
好多海灘
超大浪花

大紅鶴
身上的粉紅色來自
牠們食物中的色素